CONTREXÉVILLE
Source du PAVILLON

Contrexéville

Source du Pavillon

ABRÉGÉ HISTORIQUE

L'Eau de Contrexéville doit sa réputation séculaire à la *Source du Pavillon* qui, seule jusqu'ici, a pu donner à la Clinique les éléments nécessaires *(nous voulons dire les cas innombrables et concluants de guérison)* qui justifient son ancienne renommée.

Cette source est connue depuis cent cinquante ans. En 1760, Bagard, premier médecin du roi de Pologne, président et doyen du Collège Royal des médecins de Nancy, a, le premier, employé pour analyser l'*Eau de Contrexéville (Source du Pavillon)*, les procédés de l'évaporation et de la distillation; il a écrit que « cette eau est utile pour prévenir « les retours de la goutte en rétablissant la souplesse « des nerfs et des parties membraneuses, desséchés « par l'humeur de cette maladie, que la *Source du* « *Pavillon* est souveraine dans les maladies des reins, « des uretères, de la vessie et de l'urèthre, telles que « la pierre, la gravelle, les glaires, les suppurations, « les ulcères de ces parties »; il rapporte ensuite des exemples de guérison de ces maladies, notamment de la pierre et de la gravelle. (*Séance publique de la Société Royale des Sciences de Nancy du 10 janvier 1760.*)

Depuis, Thouvenel, Mamelet, continuateurs de Bagard, ont publié des observations analogues, ont insisté sur l'action particulièrement calmante des *Eaux de Contrexéville (Source du Pavillon)*, dans les maladies des voies urinaires, et ont signalé l'absence de la douleur dans l'expulsion des calculs sous l'influence de ces eaux.

La *Source du Pavillon* émet, par vingt-quatre heures, environ 200,000 litres d'eau dont la température est de 11°5. Cette température et ce débit sont toujours les mêmes à toutes les époques de l'année. L'eau de cette Source est d'une remarquable limpidité, fraîche et agréable au goût; elle laisse déposer sur les parois du verre qui la reçoit de nombreuses bulles de gaz; elle est légèrement alcaline et a une densité de 1,055.

Quoiqu'elle renferme une quantité de sulfate de chaux, elle est d'une digestibilité telle qu'elle a été surnommée « l'amie de l'estomac », et qu'à la source même, des malades peuvent en boire à jeun, dans l'espace de trois heures, quatre ou cinq litres sans éprouver d'autres symptômes qu'une débâcle salutaire du côté des intestins et de la vessie, et une augmentation énorme de l'appétit.

Indications
Thérapeutiques

L'*Eau de Contrexéville* possède deux propriétés :
l'une que le docteur Durand-Fardel a judicieuse-
ment qualifiée d'*expultrice* (voir Annales d'Hydrologie, 1883); l'autre, *altérante*, agissant sur la crase
du sang, *qu'elle débarrasse de son acide urique.*

La clinique et la physiologie expérimentale ont
démontré nettement cette action de l'eau de la
Source du Pavillon, que l'on a voulu, à tort, attribuer
à une lixiviation des reins et des voies urinaires.

Il est également bien établi par les observations
médicales recueillies depuis cent trente-deux ans
que ses propriétés toniques et reconstituantes en
rendent l'indication précise chez des malades qui
doivent redouter l'anémie, de plus en plus fréquente
de nos jours. Du reste, nous citons plus loin l'opinion des auteurs, qui est unanime à cet égard.

Ces eaux sont éminemment diurétiques et stimulent
la contraction intestinale.

Nous allons passer en revue rapidement les maladies que l'on rencontre autour de la *Source du Pavillon*, qui sont, en les énumérant par ordre de
fréquence :

1º La gravelle ;
2º La goutte ;
3º Le diabète ;
4º Les maladies de la vessie et de la prostate ;
5º Les coliques hépatiques.

Certaines autres affections, telles que le catarrhe
utérin et certaines formes de dyspepsies goutteuses,

se trouvent également bien de la cure, mais elles ne figurent qu'à titre exceptionnel dans la statistique nosologique de Contrexéville.

Gravelle. — Cette maladie si connue, caractérisée par la formation dans les reins de sables et de graviers de volume variable qui, trop souvent, donnent lieu à ces douleurs atroces qui caractérisent la colique néphrétique, amène presque infailliblement, lorsqu'elle est négligée, la production de pierres dans la vessie.

La gravelle comprend trois variétés :

La gravelle urique,

La gravelle oxalique,

La gravelle phosphatique.

On a pu dire avec raison que *Contrexéville était à la gravelle ce que le sulfate de quinine est à la fièvre intermittente.*

Son action, universellement reconnue, est si bien admise, que le docteur Durand-Fardel, le doyen des médecins de Vichy, a écrit dans son remarquable *Traité des Maladies chroniques* (Tome I, p. 145) :

« Dans les cas de douleurs rénales, de disposition
« au retour des coliques néphrétiques, ou dans les
« cas moins simples où les douleurs persistantes et
« les urines troubles annoncent un certain degré
« d'inflammation ou de catarrhe vers le rein, les eaux
« de *Contrexéville (Source du Pavillon)*, transpor-
« tées s'il le faut, mais surtout prises sur place, sont
« tout à fait indiquées. Les eaux minérales bicarbo-
« natées et notablement minéralisées, et Vichy en
« particulier, sont au contraire contre-indiquées
« alors. Il faut insister sur ce sujet, qui n'est pas
« assez connu de la généralité des médecins. »

Ce qui précède s'adresse plus spécialement à la

gravelle urique dont les malades expulsent chaque matin de nombreux échantillons autour de la « Source du Pavillon », et cela sans douleur, puisque le docteur Debout d'Estrées a pu écrire qu'il ne comptait pas, dans une pratique de vingt-cinq années, à Contrexéville, une colique néphrétique sur cent graveleux.

Quant à la *gravelle oxalique,* c'est la gravelle des *nerveux* et des *dyspeptiques,* plus fréquente tous les jours dans notre siècle surmené, alors que la gravelle urique est plus spécialement l'attribut des gros mangeurs et des sédentaires, des *gens qui n'équilibrent pas les recettes et les dépenses de leur économie.*

Voici l'opinion émise à ce sujet par le regretté professeur Bouchardat dans son mémoire de 1867 :

« J'ai toujours, dans le traitement de l'oxalurie, « préféré les *eaux alcalines calcaires aux eaux alca-* « *lines sodiques.* Je possède plusieurs observations « témoignant de l'incontestable utilité des eaux de « *Contrexéville (Source du Pavillon).* »

Enfin, dans la *gravelle phosphatique* ou gravelle blanche, l'action de l'eau de la *Source du Pavillon* est également universellement établie.

Nous nous bornerons à citer ce qu'ont écrit deux auteurs dont l'opinion fait autorité en matière de *gravelle.*

Le premier, M. Leroy d'Etiolles, a dit dans son *Étude sur la gravelle :*

« Les eaux carbonatées calcaires, telles que celles « de *Contrexéville,* conviennent mieux à la gravelle « phosphatique. En effet, dans cette affection, l'urine « est ammoniacale, irritante et caustique pour la « muqueuse de la vessie, dont l'inflammation, four- « nissant le muco-pus, devient à son tour une cause « d'alcalinité et de catarrhe, véritable cercle vicieux

« pathologique duquel on ne peut sortir sans chan-
« ger d'abord la nature de l'urine. Eh bien, chose
« remarquable et avérée, mais inexpliquée jusqu'à
« ce jour, les eaux de *Contrexéville*, qui contiennent
« des carbonates de chaux et de magnésie joints à
« de la silice soluble et à de l'oxygène libre, rendent
« à l'urine son acidité normale mieux que ne le font
« les limonades minérales, que l'on prend en grande
« quantité sans effet. »

Enfin, M. le docteur Caudmont, le spécialiste
éminent, récemment enlevé à la science, formulait
ainsi son jugement dans une leçon professée à l'École
pratique de Paris :

« Les eaux de *Contrexéville* méritent, dit-il, la
« haute réputation dont elles jouissent en ce qui
« concerne le traitement des maladies des voies uri-
« naires. Il est incontestable que, dans un certain
« nombre de ces affections, elles donnent des résul-
« tats que certains malades et même quelques mé-
« decins qualifient de merveilleux, mais que je me
« contenterai d'appeler *remarquables*, pour ne pas
« faire peser sur elles une exagération qui serait cer-
« tainement nuisible à leur renommée au milieu du
« corps médical. Dans le cas de gravelle, elles ont
« une spécialité d'action qui est bien démontrée et
« qui reste la même dans toutes les espèces, que ce
« soit de l'acide urique, de l'oxalate de chaux ou des
« phosphates. Eu égard à la gravelle urique, elles
« modifient, soit l'état général de l'individu, soit la
« vitalité des reins, de telle sorte que la diathèse
« urique cesse d'exercer son influence sur la compo-
« sition de l'urine, ou du moins qu'elle ne l'exerce
« plus avec la même énergie. Les graveleux qui ont
« été à Contrexéville éprouvent toujours, à la suite
« de leur voyage, une grande amélioration dans
« la fréquence des crises de coliques néphrétiques,

« quelquefois même ils reviennent débarrassés à
« tout jamais. »

Goutte. — Quoique la goutte soit toujours
une maladie chronique, on a admis trois variétés :

La goutte aiguë franche,

La goutte atonique,

La goutte viscérale.

Bien que la goutte aiguë se trouve à merveille de
la cure hydrominérale de *Contrexéville*, comme le
prouvent chaque année les nombreux malades de
cette catégorie que l'on rencontre autour de la *Source
du Pavillon*, c'est surtout dans les deux dernières
variétés qu'elle est en quelque sorte spécialisée et
qu'elle compte ses plus brillants résultats.

Du reste, voici à ce sujet l'opinion de médecins
éminents. Le premier, le docteur A. Millet, de Tours,
venu en 1862, à la suite d'une colique néphrétique,
dans notre station, y recouvra la santé et publia un
mémoire intitulé : *Une saison à Contrexéville*, au-
quel nous empruntons le passage suivant :

« Les goutteux abondent à *Contrexéville* et sont
« presque en aussi grand nombre que les graveleux.
« (J'entends ici par goutteux des malades ayant eu un
« ou plusieurs accès de goutte.) La plupart de ceux
« que j'y ai vus étaient des malades que Vichy n'avait
« pas le moins du monde soulagés ; ils étaient venus,
« confiants dans l'antique réputation de *Contrexéville*,
« demander du soulagement à ses eaux, et presque
« tous applaudissaient du choix qu'ils avaient fait.

« Est-il nécessaire de citer des faits ? Je n'aurai que
« l'embarras du choix, car j'ai vu des malades en grand
« nombre, marchant à leur arrivée, soit avec des bé-
« quilles, soit appuyés sur des cannes, tant leurs arti-
« culations étaient gonflées et douloureuses, aller et
« venir comme les autres buveurs après avoir passé

« quelques jours à *Contrexéville* et avoir suivi les
« prescriptions de leur médecin. J'ai moi-même en-
« voyé à cette station d'eau minérale des goutteux
« fort malades, *épuisés;* ils en ont retiré les plus
« grands bienfaits. J'ai donc le droit d'exprimer mon
« opinion aussi nettement, aussi catégoriquement
« que je le fais, car elle est basée sur des observa-
« tions sérieuses, recueillies avec une bonne foi, une
« impartialité et une sincérité que personne ne sau-
« rait suspecter. »

Notre regretté maître, le célèbre professeur Trous-
seau, dans ses leçons sur la goutte, professées à
l'Hôtel-Dieu, en 1861, s'exprimait ainsi :

« Vous savez jusqu'à quelle frénésie on a poussé
« dans ces derniers temps l'emploi des eaux miné-
« rales de Vals, de Vichy et de Carlsbad. Mon opi-
« nion est qu'il n'existe pas dans le monde une mé-
« dication aussi dangereuse que celle-là... J'ai cer-
« tainement vu, pour ma part, plus de cinq cents
« goutteux ayant été à Vichy et s'en étant horrible-
« ment mal trouvés, et je ne sais pas en revanche si
« mes souvenirs me retraceraient quelques cas isolés
« d'amélioration réelle. M. Prunelle, qui a long-
« temps exercé la médecine à Vichy, et avec un
« grand succès, a été le premier à signaler les déplo-
« rables conséquences du traitement de la goutte par
« les alcalins *intus* et *extra.* Adressez-vous, au con-
« traire, aux eaux faiblement minéralisées, comme
« celles de *Contrexéville,* et non seulement vous ne
« verrez jamais survenir d'accidents, mais vous con-
« staterez dans la grande majorité des cas un sensible
« amendement. Lorsque la gravelle est liée à la
« goutte, *Contrexéville (Source du Pavillon)* vous
« donnera même des résultats thérapeutiques d'une
« grande valeur. »

Le professeur Charcot, dans ses leçons si remarquables de la Salpêtrière, formule ainsi son opinion :

« Les eaux de *Contrexéville* (*Source du Pavillon*)
« sont souvent très utiles dans la goutte chronique.
« Nous les avons administrées plusieurs fois dans
« les cas de goutte ancienne, avec dépôts tophacés,
« et les résultats nous ont paru favorables. »

Enfin sir Dyce Duckworth, professeur de clinique à l'hôpital de S. Bartholomew de Londres et l'auteur du dernier *Traité sur la Goutte* (Londres, Griffin, 1889, p. 438) s'exprime ainsi :

« Elles sont de grande valeur dans les cas de goutte
« chronique et atonique; leur action est diurétique,
« laxative et tonique, et ainsi elles conviennent
« mieux à beaucoup de formes de goutte (Many
« phases of gouty disorders) que celles de Vichy ou
« de Carlsbad. »

Diabète. — L'action de l'eau de *Contrexéville* dans le diabète goutteux se manifeste rapidement : en peu de jours les malades voient leur sucre disparaître, expulsent de l'acide urique. Cette action de l'eau minérale a surtout été mise en relief par les travaux du docteur Brongniart. Son opinion est d'ailleurs pleinement confirmée par sir Dyce Duckworth dans son remarquable *Traité de la Goutte,* que nous avons cité plus haut.

Catarrhe vésical. — Ici encore nous nous bornerons à citer l'opinion de deux des auteurs les plus autorisés. M. le docteur A. Rotureau, dans son ouvrage si recommandable sur *les Eaux minérales de la France,* s'exprime ainsi :

« Dans les catarrhes de vessie, il est bien rare que
« les eaux de *Contrexéville* (*Source du Pavillon*)
« n'arrivent pas à déterminer une guérison complète.

« Il est probable que les nombreux malades délivrés
« à ces sources d'une affection si tenace ont contribué
« surtout à la réputation incontestable de ces eaux. »

« L'eau minérale de *Contrexéville* (*Source du Pa-*
« *villon*), dit M. Civiale, a surtout pour effet de rani-
« mer la contractilité vésicale, presque toujours affai-
« blie dans cette maladie, et sous ce rapport son usage
« peut être utile. Plusieurs de mes malades, affectés
« en même temps d'atonie et de catarrhe grave,
« auxquels j'avais conseillé les eaux de *Contrexé-*
« *ville*, en ont obtenu de si bons effets, qu'ils y sont
« retournés de leur propre mouvement. »

Nous pourrions ajouter de nombreuses citations
empruntées aux docteurs Baud, Legrand du Saulle,
Coïon, et plus récemment au docteur Cruise, président de l'Académie de médecine de Dublin, etc., etc.;
mais le cadre de cette Notice n'y suffirait pas. Pour
résumer l'action de l'eau de la *Source du Pavillon*,
nous citerons encore le professeur Caudmont qui,
dans ses leçons de l'École pratique, s'exprimait ainsi :

« Les propriétés que possèdent les eaux de Con-
« trexéville en ce qui concerne leur action sur les
« membranes muqueuses urinaires, sur la vitalité
« des reins et sur la contractilité des tuniques mus-
« culeuses de l'appareil urinaire, expliquent leur
« heureuse influence sur plusieurs autres affections
« des mêmes organes, telles que la néphrite chro-
« nique, le catarrhe et l'atonie de la vessie, l'in-
« flammation chronique de la prostate, la prostator-
« rhée, l'uréthrite chronique, états morbides à
« propos desquels j'ai été à même d'observer un grand
« nombre de fois les résultats favorables obtenus
« par les malades qui avaient été à *Contrexéville*. »

Coliques hépatiques. — Quoique déjà,

dans son mémoire lu le 10 janvier 1760 à l'Acadé-

mie de Nancy, le docteur Bagard ait pu dire : « Ces
« eaux sont très utiles dans le cas d'épaississement
« de la bile et dans les obstructions du foie, avec
« d'autant plus de raison qu'elles ont la vertu purgative », néanmoins leurs si remarquables effets dans
les coliques hépatiques sont loin d'être aussi généralement connus qu'ils mériteraient de l'être et que
je résumerai ainsi :

1° L'eau de la *Source du Pavillon* donne des résultats décisifs dans le traitement des coliques hépatiques (lithiase biliaire) ;

2° L'effet laxatif produit par l'ingestion de l'eau en
rend l'indication précise chez les hépatiques dont
les fonctions intestinales ne se font pas ;

3° L'eau de la *Source du Pavillon*, par ses qua-
lités reconstituantes, est nettement indiquée chez les
malades que des crises hépatiques ont rendus anémiques. *(Extrait d'un travail lu en 1887 à la Société d'Hydrologie de Paris, par le docteur Debout
d'Estrées.)*

Enfin le professeur Potain, dans une leçon faite, le
11 juin 1889, à l'hôpital de la Charité, s'exprimait
ainsi :

. . . .

« Le diagnostic étant bien établi, nous formulons
« le traitement de notre malade.

« Il consistera d'abord à combattre la lithiase bi-
« liaire et sera assez simple. On facilitera l'évacua-
« tion des calculs par des lavages (boissons ou lave-
« ments). Nous donnons la préférence à l'éther, 10,
« 15 ou 20 gouttes par jour, dans une infusion de
« boldo, pour éviter les spasmes si douloureux qui
« retiennent les calculs dans les voies biliaires.

« Nous proscrivons, dans ce cas, les eaux alca-
« lines qui seraient très nuisibles à ces malades,
« dont les vaisseaux sont altérés par l'ictère persistant ;

« elles favoriseraient la fâcheuse tendance des icté-
« riques aux hémorrhagies.

« Il faut, dans ces circonstances, recourir aux
« eaux légèrement calcaires, et, dans ce cas, nous
« donnons la préférence aux eaux de *Contrexéville*
« (*Source du Pavillon*), dont on peut faire prendre
« sans crainte de une à deux bouteilles chaque jour
« pendant la durée de cette maladie. »

Pour terminer brièvement les indications thérapeutiques de l'eau de la *Source du Pavillon*, nous
dirons qu'elles conviennent :

1° Dans la gravelle, quelle qu'en soit la nature ;

2° Dans la goutte, surtout dans la forme atonique
ou dans les manifestations abarticulaires ;

3° Dans le diabète goutteux ;

4° Dans le catarrhe vésical et les prostatites chroniques ;

5° Dans la lithiase biliaire, surtout lorsque les
crises hépatiques nombreuses ont rendu les malades anémiques.

Mode d'emploi
à Domicile
(LA CURE CHEZ SOI)

L'eau de Contrexéville (Source du Pavillon),
s'emploie dans la Goutte, le Diabète goutteux, l'Al-
buminurie goutteuse, les différentes espèces de gravelles, le Catarrhe de vessie, les Coliques hépatiques,
les maladies de la prostate, l'incontinence d'urine.
Des milliers de malades pourraient attester son effica-

cité sans rivale dans ces diverses affections lorsque cette eau est bue à la source même. Mais ses vertus curatives se conservent-elles assez pour obtenir les mêmes résultats, lorsqu'on l'emploie chez soi? En un mot, est-il possible de se guérir en buvant à domicile, et lorsqu'on ne peut absolument venir chercher la santé à la source même, peut-on espérer des résultats analogues d'une cure faite avec de l'eau transportée?—Cela n'est pas douteux, et nous n'en voulons pour preuve que le témoignage des malades qui, quoique habitués de la source, font néanmoins chez eux, entre deux visites au *Pavillon*, des cures à domicile dont ils retirent les plus grands avantages.

Ceci bien établi, passons aux conseils pratiques, aux indications sur la manière de boire l'eau du *Pavillon* à domicile dans les diverses maladies énumérées plus haut.

Et, d'abord, faut-il attendre, pour se soigner, l'explosion de la colique néphrétique, de la colique hépatique ou d'un accès de goutte, qui ne sont que les manifestations ultimes d'un état général depuis longtemps menaçant?

Les gens du monde ne voient dans la goutte que ses manifestations articulaires et ne se rendent pas compte que ce n'est là qu'une des mille formes qu'elle peut revêtir. Aussi la goutte, pour ne prendre que cet exemple, semble-t-elle constituer une maladie rare, alors qu'au contraire elle est très commune; seulement elle est souvent méconnue, parce que, chez un grand nombre d'individus, elle se manifeste sous une infinité de formes autres que la forme articulaire.

Certaines maladies qui affectent l'estomac, les reins, la vessie, les poumons, la peau, ne sont que des formes de la goutte; un grand nombre de diabétiques, d'albuminuriques, ne sont que des goutteux ; les coliques néphrétiques ne sont qu'une des expressions de la diathète urique ou goutteuse ; les crampes d'estomac ne sont, neuf fois sur dix, pas autre chose que des coliques hépatiques. Il faut prendre garde aux premiers prodrômes qui annoncent l'apparition prochaine d'accidents plus sérieux, et c'est lorsqu'on voit du sable rouler au fond du vase, lorsque des nuages épais s'y forment, lorsque les reins deviennent douloureux, lorsque le sommeil est interrompu par de fréquents besoins d'uriner qu'il faut modifier son genre de vie et son régime hygiénique et alimentaire, qu'il faut faire une Cure chez soi, surtout si des cas de goutte ou de gravelle existent dans la famille. Il faut non seulement se surveiller soi-même, mais encore examiner avec soin l'urine des enfants qui apportent en naissant le germe de la diathèse qui se développe chez eux beaucoup plus tôt qu'on ne le croit, et à qui il faut éviter de cruels tourments pour l'avenir.

Il est utile de savoir que, chez eux, les saignements de nez et les maladies rebelles de la peau sont déjà des manifestations de la maladie qu'on appelle la diathèse unique et qui se traduira plus tard par des accès de goutte sur les jointures ou sur les organes internes, ou bien encore par des coliques néphrétiques ou hépatiques. A cet effet, nous conseillons aux personnes qui présentent ces symptômes de faire analyser leurs urines et celles de leurs enfants par un médecin ou un pharmacien.

Tout le monde sait aujourd'hui que la gravelle et la goutte ont pour cause la présence de l'acide urique dans le sang, depuis la fameuse expérience du docteur Garrod, qui a montré qu'un fil tendu dans un verre de montre contenant du sang de goutteux se recouvre rapidement de cristaux d'acide urique semblables à ceux qu'on retrouve dans l'urine des malades atteints de goutte ou de gravelle.

Tout le monde sait aussi que la formation dans l'économie de l'acide urique a pour cause l'insuffisance des combustions organiques par défaut d'exercice, et l'excès de la recette sur la dépense, c'est-à-dire que tous ceux qui consomment plus qu'ils n'usent physiologiquement voient bientôt apparaître dans les urines l'acide urique sous forme de brique pilée.

D'autres conditions encore, les veilles, l'air vicié qu'on respire dans des salles surchauffées, dans les théâtres, dans les cercles; les dîners en ville, le surmenage nerveux de la vie mondaine, viennent achever ce que le manque d'exercice au grand air et l'excès de la recette sur la dépense ont commencé.

C'est alors qu'il faut de temps en temps pratiquer ce qu'un médecin qui a beaucoup écrit sur les eaux minérales a appelé la « saignée urique », c'est-à-dire qu'il faut éliminer par les reins ce sable qui, en s'agglomérant, produit la gravelle et la pierre, et qui, sous forme d'urates, engendre les accès de goutte articulaire, les tophus, les ankyloses.

Aucune eau n'est plus active que *Contrexéville-Pavillon* pour provoquer immédiatement cette élimination, non seulement par les reins, mais encore par l'intestin, sous forme de selles semi-liquides qui entraînent également de la gravelle biliaire, car les fonctions du foie s'accomplissent généralement fort mal dans la diathèse urique.

Aucune eau n'est également plus digestive que celle de *Contrexéville-Pavillon*, car deux et même trois litres pris à jeun par verrées, non seulement digèrent avec la plus grande facilité, mais encore provoquent un appétit que les malades ne satisfont qu'en absorbant une quantité d'aliments qui provoquerait l'indigestion dans toute autre condition. Rappelons à ce sujet, pour donner une idée de cette digestibilité sans égale, ce malade diabétique qui but impunément, sans prendre les conseils d'un médecin, plus de soixante verres, soit vingt litres d'eau du *Pavillon,* dans une seule journée.

Nous allons indiquer maintenant la manière dont l'eau de *Contrexéville* doit être prise à domicile :

Sauf de rares exceptions, et à moins qu'une prescription médicale n'indique formellement le contraire, l'eau du *Pavillon* se boit à jeun par verres de demi-heure en demi-heure, ou par demi-verres de quart d'heure en quart d'heure. Très fraîche, très agréable à boire, elle flatte le goût et doit être absorbée avec plaisir ; s'il en était autrement, c'est que le malade aurait de l'embarras gastrique, et il serait bon alors, avant de commencer la cure, de prendre deux jours de suite, le matin à jeun, deux verres d'eau purgative d'Hunyadi-Janos. L'eau sera désormais absorbée et digérée sans embarras. Si elle semble trop froide, il convient d'y ajouter une très petite quantité d'eau chaude, non pas de façon à la tiédir, mais seulement pour en ôter la crudité. On peut encore entre chaque verre sucer quelques bonbons acidulés ou bonbons anglais. Il est utile et même nécessaire de se promener pendant l'ingestion de l'eau pour en favoriser la digestion, et si la cure à domicile peut se faire à la campagne, les malades pourront marcher, et l'eau ne digère que mieux. Le petit déjeuner du matin peut être pris une heure après l'ingestion du dernier verre. Chez quelques personnes très délicates, et qui ne peuvent supporter le jeûne, on pourra permettre, une heure avant l'absorption du premier verre d'eau, un peu de bouillon sans pain ou du café noir.

Les meilleures saisons pour les cures à domicile

sont le printemps et le commencement de l'automne, *quoique l'eau puisse être bue à toute époque s'il y a urgence,* en évitant toutefois le temps froid humide. L'eau mélangée au vin aux deux principaux repas fait aussi éliminer du sable rouge. Elle supprime toujours les douleurs de reins qui font le supplice des graveleux, elle augmente l'appétit et provoque des selles semi-liquides et abondantes. Elle empêche, en modifiant la sécrétion de la muqueuse des voies urinaires, le sable de se concréter et de former des calculs et, par son action éliminatrice sur les reins, éloigne les accès de goutte et diminue leur intensité. Elle ramène à l'état acide, c'est-à-dire normal, les urines alcalines et décongestionne le foie ainsi que tous les organes du bassin.

Quelquefois, souvent même, une légère poussée articulaire se produit chez les goutteux pendant la cure; les articulations autrefois touchées par la goutte redeviennent sensibles; loin de se décourager, ce symptôme favorable doit, au contraire, paraître d'un bon augure aux malades : c'est un signe que l'excitation vasculaire se produit, que la cure agit énergiquement. Il en est de même des poussées aiguës chez les hémorrhoïdaires, dont les petites tumeurs, d'abord excitées, se flétrissent ensuite définitivement, sans danger pour la santé générale. Dans le même ordre d'idées, la prostate, d'abord congestionnée, diminue considérablement de volume à la fin de la cure.

On trouvera *ci-après*, suivant les cas, la quantité d'eau à ingérer.

Goutte. — L'*Eau du Pavillon*, utile dans la goutte articulaire aiguë, est souveraine et unique dans la *goutte atonique*, alors que l'état général est languissant. Dans ce cas, *aucune eau minérale ne peut la remplacer*, et les eaux fortement alcalines, *Vichy, Vals, Carlsbad, sont formellement contre-indiquées.* La cure à domicile diminue le nombre des accès d'abord, puis leur durée et leur intensité; avec de la persévérance, elle les supprime en faisant éliminer d'énormes quantités d'urates. Il est bon alors de faire deux cures par an, une au printemps, l'autre au debut de l'automne, c'est-à-dire de boire pendant vingt jours chaque fois, tous les matins à jeun, une bouteille d'*Eau du Pavillon*, ainsi qu'il est dit au chapitre précédent.

Le diabète goutteux et l'albuminerie goutteuse ne sont que des formes de la goutte. Dans le diabète goutteux, les seuls symptômes sont : de la faiblesse dans les jambes, une grande répugnance à marcher, quelquefois de la soif, de l'impuissance presque toujours. A mesure qu'on ingère l'*Eau de Contrexéville (Source du Pavillon)*, le sucré disparaît pour faire place au sable rouge. Traitement : cure de vingt jours, une bouteille tous les matins à jeun en quatre verres à une demi-heure d'intervalle, ou huit demi-verres à un quart d'heure de distance. Recommencer deux mois après jusqu'à disparition du sucre.

Dans l'albuminerie goutteuse, le traitement variant selon la quantité d'albumine éliminée, il est nécessaire pour la direction de la cure de prendre le conseil de son médecin, comme du reste dans presque tous les cas.

Gravelles. — Coliques néphrétiques. — Dans les gravelles urique (rouge), oxalique et phosphatique (blanche), mêmes indications quant à la manière d'employer l'eau. Sous l'influence de la cure, l'urine alcaline des phosphaturiques devient acide, c'est-à-dire normale, et ici plus que jamais les eaux fortement alcalines sont contre-indiquées. Les coliques néphrétiques cessent par l'usage de l'*Eau du Pavillon*, ainsi que les douleurs de reins.

Coliques hépatiques. — Dans la colique hépatique, l'*Eau de Contrexéville (Source du Pavillon)*, doit donner des selles liquides bilieuses, dans lesquelles on retrouve un grand nombre de graviers biliaires. Tout en faisant éliminer ces calculs, cause de coliques hépatiques, elle décongestionne le foie, déconstipe, rétablit le cours de la bile, améliore l'estomac, augmente l'appétit, et, agissant par son fer comme reconstituant, rehausse l'état général, résultat extrêmement important si l'on songe que *les femmes sont, deux fois plus que les hommes, sujettes à cette cruelle affection*, et que les souffrances prolongées, les troubles de la nutrition font rapidement de ces malades des anémiques.

Du reste, tous les malades atteints de coliques hépatiques rendent de la gravelle rouge.

Traitement : Dix bouteilles d'*Eau de Contrexéville (Source du Pavillon)*, chaque mois, prises, une chaque matin à jeun dix jours de suite en quatre verres ou huit demi-verres comme il est indiqué plus haut, plus un verre ou deux demi-verres l'après-midi, vers quatre heures, trois heures après le dernier repas, une ou deux heures avant le repas suivant. Si l'affection est grave, outre ce traitement, deux cures complètes de vingt jours en avril et septembre. Il sera bon aussi, pour obtenir des selles nombreuses, de boire le matin à jeun, une demi-heure ou trois quarts d'heure avant l'ingestion du premier verre d'eau minérale, un verre d'eau d'Hunyadi-Janos ou d'eau de Victoria.

Catarrhe de Vessie. — Dans cette affection, l'urine est alcaline, glaireuse, le malade a de fréquents besoins d'uriner, surtout la nuit; il a des douleurs dans le bas-ventre, au périnée. L'*Eau de Contrexéville* (*Source du Pavillon*), ramène l'urine à l'état acide, c'est-à-dire normale; les glaires disparaissent, les douleurs cessent; les malades au lieu de dix, vingt fois, ne se relèvent plus que deux ou trois fois; le sommeil, l'appétit renaissent : ces résultats sont constants. — Traitement : dix bouteilles par mois, prises, une chaque matin à jeun en quatre verres ou huit demi-verres. Deux verres dans l'après-midi, entre les deux principaux repas. Deux cures complètes de vingt jours au printemps et à l'automne.

Incontinence nocturne des enfants. — Quatre quarts de verre, puis six tous les matins à jeun jusqu'à cessation de l'accident.

Tous ces conseils sont subordonnés à l'approbation du médecin traitant et ne forment qu'un aperçu général sur la manière d'employer l'*Eau de Contrexéville* (*Source du Pavillon*).

Ajoutons pour terminer que l'eau de la *Source du Pavillon* est *essentiellement fortifiante par son fer* et *par l'appétit qu'elle provoque*, et que le rehaussement organique et le retour des forces sont toujours le résultat ultime de la cure.

L'Eau de la *Source du Pavillon* est une des rares eaux minérales naturelles qui ne s'altèrent ni par le transport ni par le temps.

INDEX

DÉCLARATION
D'INTERET PUBLIC
DÉCRET DU 4 AOUT 1860
PERIMETRE
DE PROTECTION
DE LA SOURCE
DECRET DU
20 JUIN 1861
EXTENSION
DU PERIMETRE
DE PROTECTION
DECRET DU
2 MARS 1885
M Verneuil 91